봄을 낚다

책 만 드 는 집

시인선 246

봄을 낚다

❋

이
헌
시
조
집

책만드는집

꿈, 이루다

노목의
허리춤에
뾰루지로 돋아나서

겨우내
몽구린 꿈
기어이 이루었다

여려도
눈망울이 맑다
한 줄기 빛이어라.

| 차례 |

2부 어디쯤 가고 있을까

3부   듦의 미학

4부   눈이 내리네

1부

봄을 낚다

아침을 열며

이슬을
궁굴려서
붉은 해 빚어내면

꽃들은
품을 열고
향기를 나누었다

새소리
너도 있었구나
바람 한 줄 지난다.

풀꽃 사랑

이슬로
목 축이고
신새벽 눈을 뜨는

풀숲에
숨어 피는
자그만 꽃입니다

길 가다
눈길 주시면
웃음 담뿍 드릴게요.

달맞이꽃

빛 한 점
없는 밤에
등불을 밝혀 들고

어둠길
짚어 오실
임 마중 나온 소녀

가슴속
노란 달덩이
내보이고 싶었다.

새벽

빛바랜 낙관처럼 고단한 삶이었다
평생을 지고 온 짐 부려도 되련마는
괜찮다
괘념치 마라
자물쇠를 채우고.

달빛도 닻을 내린 어둠과 닿은 새벽
바람이 살랑 일어 새날이 눈을 뜨고
산에서
내려온 종소리
마음 귀가 열린다.

가을 깊다

반반한
호수 위에
하늘이 내려앉고

알알이
맺힌 꿈이
오지게 영글었다

그대여
알고 있는가?
가을 이리 깊은 줄.

그립다

오늘도
가다 서다
사는 일 가당찮다

너에게
닿고 싶은
내 마음 다독이며

골물로
흘러 흘러서
스며들고 싶어라.

봄밤

하마 다
못다 한 말
눈물로 배어나고

그 짠한
그리움에
까만 밤 하얘져도

울타리
기대선 달빛
안아주지 못했다.

덩굴장미

달빛에 벼린 가시 넌출에 숨겨두고
밤도와 울 넘었다 그 누굴 따랐을까
그립고
보고픈 마음
방울방울 맺혔다.

무시로 돋는 아픔 여미고 꼭 싸매도
흐벅진 꽃숭어리 담벼락이 온통 붉다
가시내
도톰한 입술
상큼하다, 젖었다.

내 탓입니다

꽃피울
시절에도
피우지 못했습니다

보낼 때
되었어도
보내지 못했습니다

모두가
내 탓입니다
보듬지 못했습니다.

백수의 변辯

생각이
헝클리고
오라는 곳 어디 없어

하루를
쫓아다닌
눈빛이 풀어져도

한 번쯤
날고 싶은 꿈
접을 수야 없지요.

강가에서

바람은
자잘하게
물비늘 부숴대고

갈잎은
사각대며
남은 날 곱아본다

십일월
졸아든 하루
새들이 물고 간다.

담쟁이

사는 일 힘에 부쳐 주름진 세상 얘기
진액을 쏟아부어 판화로 찍어내며
어찌해
벼랑을 오르는
모진 길을 가는가?

그립다 말 못 하고 외로워도 참아내며
무성한 잎새 뒤에 아픈 속내 감춰두고
오로지
한길뿐이다
못 오를 곳 있으랴!

그렇습니다

세상을
살다 보면
슬프고 눈물 나도

고맙게
살아간다
옛사람 그러셨다

은혜는
돌에 새기고
원수는 물에 써라.

봄을 낚다

겨울의
언 살 떼어
봄 낚을 밑밥 줬다

양지쪽
눈 녹아도
아직은 입질 없다

실바람
살랑 불더니
찌가 벌렁 누웠다.

들켰다

우리가
가야 할 길
이미 다 정해졌어

숨길 게
뭐 있다고
얼굴 그리 붉히는가?

속내가
훤히 보여도
그냥 좋다, 들켰다.

궁금하다

별들이 눈을 떠도 먹물로 번진 어둠
뜬마음 접지 못해 사는 일 허접하다
날마다
쓰잘머리 없는
생각만 되작이고.

간간이 바람 불어 고요가 들춰지는
자그만 새집 같은 산허리 작은 암자
세상일
잊고 살아도
궁금한 건 있네요.

고향 생각

보고픈
네 모습이
하늘처럼 멀고 멀어

내 마음
강에 띄워
난바다 보내놓고

소나무
늘어진 가지에
달빛으로 앉았다.

겨울나무

식솔들
다 보내고
그림자도 지운 나무

가난한
마음처럼
뼈마디 앙상하다

어머니
그 넓으신 품
다시 들고 싶습니다.

나도 가을이다

생각이
모자라고
사는 일 변변찮아

개펄에
발 담근 채
탓하며 살아왔다

땡볕에
물기 다 털리고
나도 이제 가을이다.

복암사*

꼬부랑 산길 돌아 가풀막 올라서면
천 년도 더 살았을 팽나무 품이 넓다
마중 온
다람쥐 한 쌍
수인사를 건넸다.

남도 땅 너른 들녘 휘감고 돌아들어
넉넉히 젖을 물린 영산강, 어머니 강
강바람
땀을 식히고
부처님 전 손 모은다.

* 전라남도 나주시 신걸산에 자리한 자그만 절집.

그리운 이름

이따금
생각나는
그리운 이름 있다

철없고
부끄러워
묻어둔 아픈 얘기

아득한
세월을 건너
오늘에야 캐낸다.

첫사랑

물음표
달랑 들고
살아온 세상에서

우연히
너를 만나
느낌표 세웠지만

아직은
설익은 마음
내보일 수 없네요.

목어

껍데기
벗겨지고
창시도 다 내주고

허공에
빈 통으로
매달린 당달봉사

큰 강물
거슬러 오르는
꿈이라도 꾸는가.

아린 봄

보드란 봄바람이 주름을 곱게 펴도
눈 감고 손 놓으면 섬처럼 외로운 날
한두 겹
허물을 벗고
봄날을 되작인다.

어둠이 달빛 건너 매화꽃 환한 아침
이슬을 지운 바람 내 눈물 털어줄까?
봄 나비
작은 날갯짓에
낮달이 흔들린다.

2부

어디쯤 가고 있을까

만년晩年

얼굴만
마주해도
눈시울 붉어지던

못다 한
이야기는
가슴에 묻어가며

힘들게
피워낸 꽃들
아름답게 집니다.

그해 오월

안부를
묻지 못해
가슴이 떨려오던

오월도
푸른 오월
그날을 생각하면

영산홍
붉게 피어도
고운 줄도 몰랐다.

사랑이란다

아프다,
아프다고
입에 달고 살았지만

큰 아픔
끌어안고
아픈 줄도 몰랐었다

그 이름
사랑이란다
너 혼자만 모르는.

가로등

병색이 완연하다 애꾸눈 깜박인다
시간을 들춰보는 그림자도 흔들리고
어둠이
뜬들인 고요
야금야금 삼켰다.

바람이 모스부호 일없이 날려대면
각지고 모난 마음 다듬고 문지르고
달빛이
밤새 보채도
도리질만 해댄다.

가을 단상

계절이
오갈 때면
친구가 생각나고

가을빛
물컹하면
고향이 그립던가?

보름달
동동 띄워놓고
한 잔 술과 벗할까.

봄날은 간다

바람의
간지럼에
꽃들이 몸을 열고

아지랑이
추임새에
종달새 높이 날면

강물은
남실거리며
다음 장을 넘긴다.

나락 비는 날

황금빛
너른 들녘
나락을 비어낸다

바람의
춤사위에
어깨춤 절로 나고

하루쯤
부자가 된다
기와집을 지었다.

백수 일기

햇살도 살펴 가는 그늘진 세상 한편
기쁘고 슬픈 일도 모두 다 짐이 되고
남루가
일상이 되어도
털어낼 수 없었다.

마음도 바삭바삭 마르다 지친 날에
그 사람 소식 올까 먼 산만 바라보며
하루를
빚으로 남기고
넥타이를 풀었다.

내려놓다

하루를
닫아걸고
달 뜨기 기다리며

사는 일
티끌인 걸
이제야 알았으니

아무 때
내려놓아도
서운하지 않겠다.

뿌사리

그 누가
뭐라 해도
내 할 일 따로 있다

세상을
짊어지고
장부의 길을 가는

뿌사리
그 눈빛을 보라
우직하다 할 건가?

겨울 아침

잎 털린
가지 끝에
햇살이 반짝인다

온밤을
떨며 새운
나무의 눈물인가?

아침이
차고 푸르다
개울물이 하얗다.

징 소리

담금질 불을 먹고 모진 매 견뎌내며
그 아픔 갈고 닦아 정기를 불어 넣어
민초의
가슴 열어줄
큰 울음 울고 싶다.

캄캄한 하늘이요 속 깊은 우물 같은
잠든 혼 깨어내서 목청을 가다듬고
강물로
도도히 흐르는
긴 울음을 울고 싶다.

어디쯤 가고 있을까

늦가을
찬 바람에
시린 볼 감싸 안고

남은 길
지워가는
발걸음 터벅댄다

어디쯤
가고 있을까
너울너울 지는 해.

오해

목소리
쟁쟁하던
그날을 생각하며

주름진
마음 자락
이제야 펼쳐본다

둥글게
살아온 날에
모서리가 생겼다.

명銘

젊어선
뚜벅뚜벅
나이 들어 느릿느릿

귀 열고
잘 살피고
저울질은 하지 마라

마음은
수선할 곳 없다
온몸으로 보듬어라.

그리 살지요

그리움 진득하게 묻어나는 저물녘에
눈물이 이슬처럼 방울방울 매달려도
까마득
잊고 산 이름
중얼대다 되뇌다.

물안개 피어나면 산들이 사라지고
견딤도 기다림도 닳아져 뭉툭한데
마음은
다가서려 해도
발걸음이 무겁다.

겨울로 가는 길

세월의
곳간에서
당신을 꺼냅니다

노을을
배웅하고
그림자도 감춥니다

서둘러
내려온 찬 바람
빈 가슴을 지납니다.

일 없다

돋는 해
맞으려고
신새벽 산 오르고

지는 해
잘 보내고
되짚어 내려와서

아무 일
없었다는 듯
일력 한 장 뜯었다.

그냥 가세나

뼈 깎아
써온 글을
눈물로 지워가며

못다 한
얘기들은
가슴에 담고 가세

지는 꽃
붉은 노을에
어찌 마음 두는가?

아픈 날

접어둔 속마음을 꺼내서 다시 접고
아픔을 나눠 담자 내밀어 보았지만
시름이
꼿꼿이 섰다
다독이지 못했다.

있는 듯 없는 듯이 그리들 살아가도
언젠가 지워야 할 보듬지 못한 인연
마음이
눅눅해진다
먹물 같은 밤이다.

저물녘

보리밥
삶아내고
된장국 끓는 저녁

바자울
건넛산에
하루가 기울어도

덤으로
살아온 날들
탓해서 무엇 하랴.

하현下弦

생각을
조리질해
건져낸 글 한 줄을

곱게도
다듬어서
밀서로 봉하였다

내 마음
어찌 전할까?
하현의 밤, 젖는다.

그 사람

세상이
기울어도
햇살은 고봉인데

잡아줄
손은 멀고
기대설 언덕 없어

모질고
험한 그 길을
허위단심 가는가?

그리할 수 없습니다

밤기운 서늘해도 정으로 데워가며
마음을 주고받고 아픔을 나눈 사람
그리는
못 보냅니다
잊을 수도 없습니다.

말 못 할 사랑이라 아리게 품에 안고
세상이 변하여도 세월 탓 아니라던
그 인연
어찌합니까
지울 수도 없습니다.

3부

듦의 미학

동행

외로움
조금 떼어
그리움 빚어내며

언제나
한길 가는
영원한 도반으로

세상이
어둠에 들어도
횃불 들고 가리라.

들꽃

잎들이
조잘대고
꽃들이 웃고 있다

바람에
흔들리며
부비고 살아온 너

찬찬히
들여다본다
네 모습이 우주다.

꿈길

황소가
거품 물고
달구지 달고 가는

신작로
자갈길을
꿈에서 짚어 간다

한 갑자
더 지나온 날
그때처럼 환하다.

깊어가는 가을밤에

동자승 혼자 놀던 법당 앞 돌계단에
시름을 내려놓고 하루를 되짚으며
풀벌레
소리 한 곡조
청해 듣는 가을밤.

어둠이 포개지고 고요가 돌아눕고
달 없는 그믐밤은 속 깊은 항아린가?
별똥별
하늘을 가르고
바람 소리 싸하다.

듦의 미학

눈물을
모르고서
세상을 알랴마는

주름진
웃음들이
그리도 환한 것을

이제야
조금 알았다
지는 해가 더 곱다.

삐졌다

내 언제
해 지기를
기다려본 일 없고

다물고
누운 고요
들춰도 본 적 없다

그 사람
소식쯤이야
와도 그만 안 와도!

낙화

한 사날
피었다가
그냥 질 꽃이라면

피지도
말 것이지
꿈처럼 허망했다

아쉬움
없을까마는
고이 접어 보낸다.

젊은 날

가슴에 불을 품고 살았던 날 없었으랴
벼린 날끼 간절함도 끌어안고 견뎠느니
어쩌다
울고 싶을 땐
온몸으로 울었다.

힘들면 하늘 보며 숨 한번 크게 쉬고
보란 듯 어깨 펴고 똑바로 고개 들고
한길을
걷고 걸었다
한눈팔지 않았다.

바람 한 점 없는 날

꼬인 삶
뜬마음을
모질게 끌어안고

눈물 괸
가슴 한편
아픔을 다 묻었다

사는 게
이런 것인가
바람 한 점 없는 날.

긴긴날

할 말을
다 못 했다
어떻게 전해볼까

바람에
실을 꿰어
너와 나 잇고 싶다

마음은
타들어 가도
전화 한 통 없는 날.

몽돌

파도가
제집처럼
들고 나는 작은 포구

몽돌로
뒹굴면서
바람 소리 귀 돋으며

까치놀
밟고 오실 임
기다림을 키웁니다.

반성문

오늘도 모르면서 내일을 기웃대고
잔머리 굴려대며 답 없는 셈만 하다
한 칸도
못 채우면서
두세 칸을 넘봤지.

후회는 빨리 해도 언제나 늦는 것을
종심에 눈을 떴다 비로소 부끄럽다
하나도
내려놓지 못한
이 욕심을 어쩌나.

시리다

찬 바람
부는 날에
식솔들 내려놓고

아린 맘
다독이며
나무가 앓고 있다

낙엽이
발목을 덮어도
시린 발 더 시리다.

어째서

어째서
외로움은
가슴속 파고들고

어째서
그리움은
밖에서 떨고 있고

어째서
네 곁을 서성이는
눈빛 그리 서러운가?

멍

가슴에
꼭꼭 묻어
섬으로 남은 아픔

지도에도
안 나오고
이름도 없지마는

보듬고
살겠습니다
우린 이미 친굽니다.

낙엽의 소회 所懷

촉촉이 물이 오른 젊은 날 그 푸름을
곱게도 물들이고 가뿐히 내려섰다
미련을
속 깊이 묻고
아쉬움을 접는다.

할 말은 지레 덮고 주소도 지운 엽서
한여름 잘 견뎌낸 나무의 전갈인가
가슴속
갈피갈피에
그 마음을 묻는다.

귀가

팽팽히
조인 하루
맥없이 풀어지면

밖으로
닳은 구두
저린 발 구겨 넣고

막차가
지나간 길을
어둠 한 짐 지고 간다.

안부

오래전
소식 끊긴
친구가 궁금해서

문자를
보내보고
카카오톡 날렸더니

잘 있네
걱정 마시게
득달같이 답이 왔다.

입동 무렵

까마귀
목쉰 울음
왠지 가슴 서늘하고

하얀 눈
보듬었나
하늘이 뜨물 같다

갈대의
마른기침에
푸드덕 새가 난다.

겨울 장미

잎 발린 나무들이 시린 손 비벼대는
한겨울 공원 한편 장미의 입술 차다
뉘라서
널 지켜주랴
눈을 뜨는 수은등.

오갈 데 없는 영혼 혼자서 끌어안고
생살로 돋는 아픔 떼지도 못하였다
괜찮니,
정말 괜찮니?
바람이 툭 치고 간다.

쪽방

칼바람
날아드는
눈 한 잎 없는 대설

내 한 몸
세우기가
이리도 버거운가?

햇빛도
길을 잃었다
돌고 돌아 외진 곳.

첫눈

살얼음
소설 무렵
다소곳 몸 낮추고

설렘을
다독이며
그분을 기다린다

비워둔
가슴 한편을
채워주러 오실 임.

불신시대

생각이
없을까만
생각 없이 살아간다

눙치고
시침 떼며
그리들 말을 해도

아무도
믿을 수 없으니
넌들 속내 보일까?

해넘이를 보면서

다순 정 주고받는 행복이 무엇인가?
언제나 곁에 두고 늦게야 눈을 떴다
작은 꿈
이루었으니
돌아보지 않으련다.

나이가 가르쳐준 삶이란 무엇인가?
버리고 물러서니 이제야 알 것 같다
두 손을
탈탈 털었다
자투리만 남겼다.

4부

눈이 내리네

봄날

비 그쳐
환한 아침
새소리 선물 왔다

입꼬리
올라가고
가는귀 탁 트이고

봉창을
열어젖히니
실바람이 반기네.

널 그리며

나무는
맨몸으로
하늘을 바라 서고

옷깃을
여미어도
갈바람 서늘한데

노을로
번지는 눈물
닦을 수도 없었다.

다복솔

아파트
후미진 곳
다복솔 옴팡지다

켜켜로
쌓인 시름
혼자서 삭혀내며

영토를
굳게 지켰다
수만 잎을 피웠다.

석관정 石串亭*에 올라

햇살이 통통하게 물오른 늦은 봄날
흐르다 멈춰버린 그 강을 보러 왔다
난바다
그리는 마음
금빛 노을 빚어내고.

가난한 이웃들이 손잡고 흘러와서
흰 허리 쭈욱 펴면 물비늘 일렁이던
돌곶이
정자에 앉아
글 한 줄 다듬는다.

* 영산강 변 돌곶이에 자리한 풍광이 수려한 정자.

가을밤

달빛에
붓을 적셔
영창에 글을 쓴다

별처럼
빛나는 시
부시어 잠 못 들고

새도록
귀뚜라미는
가다듬고 읊는다.

달빛 줍기

헝클린
그리움을
한 올씩 풀다 말고

빈 뜨락
서성이는
달빛을 주워 든다

가을밤
풀벌레 소리
못다 부른 세레나데.

내 친구

내보인
아픔보다
숨겨둔 상처 깊어

가난한
마음밭에
시름을 묻고 산다

찾아올
사람 없어도
기다림을 키우며.

어머니

낮달이 빛바래고 해 꼬리 졸아들면
잔별이 돋기 전에 호롱에 불 밝히고
그 큰 집
홀로 지키며
자식 걱정 하시던.

세상을 비우시고 "괜찮다 걱정 마라"
애잔한 그 말씀이 귓가에 역력하여
이른 잠
청해봅니다
꿈에라도 뵈올까?

독거노인

흐린 눈
반쯤 뜨고
굳은 손 주무르는

마음도
얼어붙은
볼 시린 겨울 아침

누룽지
오물거리다
닫힌 문에 눈이 간다.

눈이 내리네

한때는
살기 위해
머리를 조아렸던

지나온
세월 조각
점자 읽듯 더듬는다

퍼렇게
멍든 가슴에
하얀 눈이 내리네.

우리 사는 세상

틈새도
하나 없이
앞뒤가 꽉 막혔다

한 발짝
다가서니
아니다 텅 비었다

찬찬히
들여다보니
아우성만 널렸다.

가을에 들다

헝클린 머리 빗고 마음을 다스리고
앞뒷산 붉게 물든 도량에 들어서면
다소곳
갈앉는 마음
풍경 소리 맑아라.

감나무 우듬지에 까치밥 볼이 붉고
풀잎에 앉은 이슬 알알이 만삭이다
들녘을
넘실대는 햇살
가을빛이 고와라.

손금

세상은
맵고 짜고
아니면 시고 떫고

말로도
다 못 하고
글로도 못다 적을

단내 난
하루하루를
손바닥에 새겼다.

연명延命

물소리
바람 소리
어둠도 눈을 감은

이 하루
털어내면
눈가에 주름 늘고

가냘픈
목숨 지키려
냉가슴에 불 지핀다.

깊은 밤

모진 삶
한 귀퉁이
찌들고 빛바래도

어둠이
잠에 들어
고요를 빚은 걸까?

밤새워
그물질해도
건져낼 수 없었다.

눈이 왔다

목화꽃 송이송이 물레로 실을 자아
옷 한 벌 지어 입힌 민둥산 하얀 아침
숫눈에
코를 박았다
순수純粹 한 입 맛본다.

바람에 귀를 열고 햇살이 눈 비비면
하늘이 보낸 사연 시어詩語로 다듬어서
온 누리
펼쳐 널었다
정갈하다 무구無垢다.

차를 끓이며

가을비
촉촉한 날
읽던 책 가만 덮고

마음을
다스리며
생각을 우려낸다

여백은
비워두는 것
어두운 눈 환해진다.

아프다

얼마큼
울고 나야
응어리 풀어지고

얼마나
닦아내야
서운함 지워질까

깊은 밤
염주를 헤아려도
굴속이다, 아프다.

탓하지 말자

아무리
속상해도
탓하지 말 일이다

층층이
고인 시름
눈길도 주지 말고

내일 일
묻지도 마라
이 하루가 중하다.

섣달

막소주 한잔으로 한기를 털어내며
한 해의 끝자락에 겨울을 지고 간다
얼은 볼
쏘아붙이는
바람 꼬리 맵차다.

멀리도 왔나 보다 그믐밤 더듬대고
지난 길 짚어보는 썰물의 시간이다
고요가
가지런하다
눈이라도 오려나.

보리밟기

겨우내
뿌리 들려
황달 든 어린 목숨

밟히면
피가 놀아
언 살을 녹여낼까

초록 물
넘실대는 날
두 손으로 곱는다.

겨울비

온다는
기별이야
받기는 받았지만

오지랖
그리 넓어
제 분수 모르는가?

봄비가
서둘러 왔다
바람이 간을 본다.

종장終章

찬 바람
날아드는
동짓날 언저리에

친구와
소주 한잔
속마음 털어내며

못다 쓴
종장 한 구절
안주 잘근 씹는다.

고향별곡

흙냄새 두엄 냄새 온갖 풀꽃 피어나고
논두렁 밭두렁에 고물고물 돋는 애기
계절이 오갈 때마다 바람결에 들었네.

하루를 달고 가는 노을을 잡지 못해
초가집 하얀 박꽃 등불로 내건 저녁
삭다리
싸리울타리
기다림이 서있다.

몸이야 힘들어도 다순 정 나눠 담던
그때를 생각하며 싸목싸목 걷는 고샅
온 시름 다 지웠는지 호박꽃이 환하다.

품격 있게 잘 읽히는
알알이 영근 시와 삶의 경륜

이경철 문학평론가

"바람은/ 자잘하게/ 물비늘 부숴대고// 갈잎은/ 사각대며/ 남은 날 곱아본다// 십일월/ 졸아든 하루/ 새들이 물고 간다."(「강가에서」 전문)

시조 특유의 구성과 서정의 진솔하고 개결한 멋과 깊이

이헌 시인의 이번 여덟 번째 시조집 『봄을 낚다』는 단아하고 고졸하다. 대자연의 운행과 함께 자신의 삶을 찬찬히 둘러보고 있다. 인위적이거나 과장되지 않아 자연스레 우리네 인생도 반추해 보고 삶의 가없는 깊이도 품격 있게 돌려주고 있다.

　이번 시조집에 실린 시편들은 대부분 단시조이고 길어야 두 수 남짓의 연시조다. 기승전결起承轉結의 시조 구성미학과 자수율 등 시조 정형의 틀도 엄격히 지키고 있다. 그런데도 갑갑하거나 구태의연하지 않다. 변할 수 없는 자연과 현재 시인의 심사를 진솔하면서도 개결하게 펴고 엮고 묶는 시조 특유의 서정이 참신하게 빛나고 있기 때문이다.

　근래 들어 현대시가 자꾸 난삽하게 길어지며 독자를 잃어가고 있다. 아울러 현대시조도 그런 현대시의 난맥상을 따라가며 시조 특유의 짧고 개결한 서정미학을 잃어가고 있다. 이러한 작금의 우리 시단에 이헌 시인의 이번 시조집은 시라는 짧은 장르의 본연의 서정미학으로 시 읽을 맛을 되찾아 주고 있다.

　그런 이번 시조집의 특장을 잘 보여주고 있는 것 같아 맨 위에 인용한 시「강가에서」를 보시라. 3장 6구 45자 내외의 단시조다. 구를 3, 4자 반복으로 나가다 종장 전반부만 3, 5자로 나가야 되는 자수율을 꼬박꼬박 잘 지키고 있다. 그러면서 각 장을 3행으로 늘려 한 연으로 처리하여 구성미학을 지키면서도 총 9행의 짧은 자유시처럼 보이게 하며 정형시 형태의 갑갑함을 벗어나고 있다.

초장에서는 11월 늦가을 휑한 햇살 바람에 반짝이는 물살, 윤슬을 "물비늘 부숴대고"라고, 감각적이고 역동적으로 묘사하고 있다. 중장에서는 갈바람에 사각대며 말라가는 갈대의 풍경에 "남은 날 곱아본다"며 시인의 심사가 끼어들고 있다. 그러다 종장 전반부에서는 "십일월/ 졸아든 하루"라는 짧은 진술로 자연 삼라만상이 휑하니 비어가며 졸아드는 늦가을 11월과 또 그렇게 남은 날 졸아들어 가는 시인의 현재 심사를 일치시키고 있다. 그리고 후반부에서는 그런 졸아든 날들마저 "새들이 물고 간다"고 맺고 있다.

늦가을 남은 날의 아쉬움을 감상적으로 토로하지 않고 자연 그대로 묘사해 보여주는 종장의 이 대목이 얼마나 개결한가. 억지로 감정을 이입해 풍경의 자연스러움을 훼손하는 것이 아니라 풍경은 풍경대로, 심사는 심사대로 동행하며 맺어주는 시인의 내공으로 시조미학의 정수를 보여주고 있는 작품이 「강가에서」다.

노목의
허리춤에

뾰루지로 돋아나서

겨우내
몽구린 꿈
기어이 이루었다

여려도
눈망울이 맑다
한 줄기 빛이어라.

이번 시조집 '서시'라고 밝혀놓은 「꿈, 이루다」 전문이
다. 난삽하거나 어려울 것 하나 없이 그냥 가슴에 척, 척
안겨 드는 단시조다. 한겨울 잘 넘기고 고목 발치에 돋아
난 새순을 그대로 의인화해 묘사해 가며 시인 자신의 시
와 심사를 내비치고 있다.

시인은 2015년 느지막한 나이에《시조사랑》을 통해 등
단했다. 첫 시조집『바람의 길을 가다』를 펴낸 이래 10년
도 채 안 돼 이번까지 여덟 권의 시조집을 부지런히 펴내
며 큰 시인의 꿈을 몽구려왔음을 서시를 통해 서정적으
로 밝혀놓은 것이다.

잎들이

조잘대고

꽃들이 웃고 있다

바람에

흔들리며

부비고 살아온 너

찬찬히

들여다본다

네 모습이 우주다.

　－「들꽃」 전문

　참 여리고 맑은 시다. 막 피어나는 꽃과 이파리들의 여
린 봄빛 빛줄기가 이 세상, 우주의 이야기를 조잘대고 있
는 듯하다. 그런 조잘거림 속에서 부대끼며 살아온 우리
네 한 생애도 들려오는 듯하다. 해서 시인은 들꽃들과 이
파리들의 조그마한 풍경에서 광활한 우주를 보고 있는
것이다.

들꽃에서 우주의 이치가 보이는 것은 종장 전반부 "찬찬히/ 들여다본다"는 시인의 태도 때문에 가능하다. "자세히 보아야/ 예쁘다// 오래 보아야/ 사랑스럽다// 너도 그렇다"는 일반에 널리 사랑받고 있는 나태주 시인의 시 「풀꽃 1」이 떠오르는 대목이기도 하다. 그렇게 자연을 찬찬히, 자세하게 들여다보며 시인은 자연 속에서 삶의 속내와 우주의 이치를 자연스레 떠올리게 하고 있다. 그래서 독자는 물론 삼라만상으로도 확산돼 가는 시의 공감력을 얻고 있다.

식솔들
다 보내고
그림자도 지운 나무

가난한
마음처럼
뼈마디 앙상하다

어머니
그 넓으신 품

다시 들고 싶습니다.
　　－「겨울나무」전문

　잎 다 떨구고 맨몸으로 서있는 겨울 나목처럼 앙상하게 보이는 시다. 그런데도 어쩔 수 없는 따스한 피가 도는 시, 참 절절하다. 어머니를 그리는 사모곡思母曲 시편들을 많이 봐왔는데도 이리 냉정하면서도 뼈저리게 다가오는 시는 처음인 것 같다. 늙어감의 회포를 푼 노년시도 많은데 이리 개결한 시를 본 적도 없는 것 같다.

　시조 정동의 단수미학이 이리 절절하고 개결한 시를 낳은 듯하다. 초장에서는 겨울나무 그대로를 데생 하듯 드러내 보여주고 중장에서는 그런 자연 풍경에 시인의 속내를 드러내고 종장에서는 풍경과 시인의 속내를 한통속으로 싸매버리는 시조 특유의 구성미학에 충실한 시다.

　뼈마디 앙상할 정도로 물질적으로나 정신적으로 가난할 때 찾는 게 어머니다. 임종 때 자연스레 터져 나오는 말이 어머니다. 어머니야말로 각자에게 신이요 천사라는 걸 온몸과 마음으로 실감했기 때문일 것이다. 그런 실감으로 겨울나무에서 어머니며 본향을 찾고 있는 이 시의 언어며 구성이며 이미지가 시조야말로 시의 알파요 오메

가인 서정의 버팀목 장르라는 것을 이 시는 잘 보여주고
있다.

　　세월의
　　곳간에서
　　당신을 꺼냅니다

　　노을을
　　배웅하고
　　그림자도 감춥니다

　　서둘러
　　내려온 찬 바람
　　빈 가슴을 지납니다.
　　－「겨울로 가는 길」전문

　겨울로 가는 늦가을, 그것도 해 질 녘을 그리고 있는 시
다. 그런 계절과 시간의 우주적 정황이 그대로 시인의 현
재 심사를 대변하고 있다. 그러면서도 서정의 핵이요 모
든 예술의 추동력이랄 수 있는 그리움을 확 불러일으키

고 있는 시다.

오래오래 묻어둔 "세월의/ 곳간에서" 꺼낸 "당신"은 누구일 것인가. 그리움의 대상으로 읽어도 무방할 것이다. 중장은 해 떨어지고 노을도 져버린 해 질 녘 풍정風情이다. 해 떨어지니 그림자도 없는 그런 시간적 정황에 평생 지녀온 그리움이며 그 무엇도 다 털어버린다. 그리하니 종장에서는 가슴이 허전할 수밖에 없는 심사를 늦가을 저녁 "빈 가슴"에 불어오는 "찬 바람"으로 절묘하게 드러내고 있다. 늦가을 저물녘이면 또 시인 자신의 노령의 연배와도 맞아떨어질 것이다. 그런 노년의 심사를 자연과 계절의 우주적 정황으로 아주 품격 높게 드러낸 시로 「겨울로 가는 길」은 읽힌다.

이처럼 이번 시조집에서 시인은 자연을 온몸으로 감촉하면서 시를 쓰고 있다. 그런 자연에 시인의 그리움이나 회한이나 노년의 성숙한 연배가 자연스레 묻어나며 시조 특유의 개결한 서정을 기품 있게 펴나가고 있다.

대자연의 풍광에 자연스레 담긴 세상의 이치와 삶의 속내

이슬을
궁굴려서
붉은 해 빚어내면

꽃들은
품을 열고
향기를 나누었다

새소리
너도 있었구나
바람 한 줄 지난다.
　　－「아침을 열며」 전문

아침에 대자연과 온몸으로 상큼하게 교감하고 있는 시다. 시각, 후각, 청각, 촉각 등 오감으로 교감하고 있을 뿐 시인의 잡다한 마음이나 정신은 끼어들지 않은 순수 자연시다. 마음을 털어버리니 시인도 그대로 자연 자체가 되어 삼라만상과 어우러지고 있다.

124

초장에서는 자연 대상을 찬찬히 들여다보는 시인의 자세가 잘 드러나 있다. 둥그런 이슬에 비치는 막 떠오르는 해를 보고, 이슬이 동그랗게 궁굴려서 해를 빚어냈다고 한 역동적인 표현이 압권이다. 지상의 조그만 이슬방울과 저 우주의 태양이 아무런 차별 없이 둥글게 둥글게 역동적으로 교호하고 있는 시각적 묘사는 섬세한 관찰에서 가능한 것이다. 중장에서는 꽃향기라는 후각이 동원된다. 꽃도 우주의 일원으로 향기를 나누며 어우러지고 있다. 종장에서는 청각과 촉각이 우연히 새소리와 바람과 함께 동참하고 있다.

이렇게 우리 신체의 감각이 두 개 이상 동원된 공감각이면 우리도 우주의 일원이라는 실감이 인위적이 아니라 자연적으로 들게 된다. 이번 시조집의 좋은 시편들은 이렇게 자연과 온몸으로 살갑게 어우러지며 나오고 있다.

이슬로

목 축이고

신새벽 눈을 뜨는

풀숲에

숨어 피는

자그만 꽃입니다

길 가다

눈길 주시면

웃음 담뿍 드릴게요.

　—「풀꽃 사랑」 전문

　천진天眞 그 자체의 시다. 시인의 관찰을 넘어 시인과 하나 된 풀꽃이 직접 화자가 되어 쓴 시다. 서정주 시인이 말년에 자신은 '자연의 대서代書쟁이'일 뿐이라 토로했 듯 동서고금의 빼어난 시인들은 입 없는 자연의 말을 대신 들려주는 게 시인이라 했다. 공자가 동양 최고의 시집 『시경』을 펴낸 체험으로 시를 정의한, 시에는 사특함이 없어야 한다는 '사무사思無邪'도 '대서쟁이'와 같은 궤의 말일 게다. 이번 시조집 시편들은 그런 태도로 자연과 접하며 시가 표출되고 있다. 그래서 사특함 없이 개결하다. 그러면서도 그런 자연에 어쩔 수 없는 세상사와 개인의 정한이 순하게 겹치게 하고 있다.

안부를

묻지 못해

가슴이 떨려오던

오월도

푸른 오월

그날을 생각하면

영산홍

붉게 피어도

고운 줄도 몰랐다.

  -「그해 오월」전문

봄이 한창 무르익어 가는 푸르른 5월, 붉게 피어오르
는 영산홍을 보며 쓴 시다. 영산홍을 봄의 절정인 자연으
로 노래할 수 없는 세상사, "그해 오월"이 아프게 떠오르
는 시다. 차마 안부를 물을 수도 없고, 입에 담기도 힘든
그해 5월 살육의 현장, 1980년 5.18광주민주화운동을 떠
올리게 하는 시다. 민주화를 외치다가 같은 나라 군인들
에게 도륙당한 그해 5월에 되레 살아남은 자의 피멍울 진

죄의식으로 5월 영산홍을 읊고 있어 그 현실 의식과 저항 의식의 울림이 더 크게 들려오는 시다.

> 담금질 불을 먹고 모진 매 견뎌내며
> 그 아픔 갈고 닦아 정기를 불어 넣어
> 민초의
> 가슴 열어줄
> 큰 울음 울고 싶다.
>
> 캄캄한 하늘이요 속 깊은 우물 같은
> 잠든 혼 깨어내서 목청을 가다듬고
> 강물로
> 도도히 흐르는
> 긴 울음을 울고 싶다.
> ─「징 소리」전문

징을 화자로 내세워 부정한 것들을 거부하는 저항 의식을 북돋고 있는 두 수로 된 연시조다. 앞 수에서는 수없이 불과 물을 번갈아 들락거리게 하고 두드려야 하는 징의 제작 과정을 통해 저항 의지를 실감나게 드러내고 있다. 뒤 수에서는 징의 모양과 소리를 통해 변함없는 저항 의지를 드러내고 있다.

이 시 또한 시인의 가슴속에 징 울림처럼 둔중하게 각인된 광주민주화운동에서 나왔을 것이다. 이처럼 이번 시조집에는 자연을 자연으로 돌려주는 순수 자연시와 함께 그런 자연이나 사물에서 세상의 이치는 물론 현실 의식과 개인의 회한을 자연스레 떠오르게 하는 시편들이 대종을 이루고 있다.

삶과 시의 영원한 주제인 그리움의 서정적 조율

달빛에 벼린 가시 넌출에 숨겨두고
밤도와 울 넘었다 그 누굴 따랐을까
그립고
보고픈 마음
방울방울 맺혔다.

무시로 돋는 아픔 여미고 꼭 싸매도
흐벅진 꽃숭어리 담벼락이 온통 붉다

129

가시내

도톰한 입술

상큼하다, 젖었다.

　　ㅡ「덩굴장미」전문

　제목처럼 덩굴장미를 바라보며 두 수로 쓴 연시조다. 그래서 소재는 '덩굴장미'이지만 주제는 '그립고 보고픈 마음'이다. 덩굴장미의 경景과 그립고 보고픈 마음의 정情이 일치하고 있는 정경 일치의 시다.

　앞 수에서는 밤새워 울타리를 기어올라 와 핀 장미꽃을 "그립고/ 보고픈 마음/ 방울방울 맺혔다"는 것으로 보고 있다. "달빛에 벼린 가시"란 참신한 이미지와 "그 누굴 따랐을까"라는 진술에서의 '그 누구'는 무엇일 것인가. 그리움일 것이다.

　뒤 수에서는 담벼락에 흐벅지게 핀 장미꽃을 상큼하게 젖은 가시내의 도톰한 입술로 보고 있다. 매우 육감적인 이미지다. "무시로 돋는 아픔 여미고 꼭 싸매도"라는, 가시에 찔려 피멍 든 마음의 '그리움'이라는 고단위 추상을 가시내 입술 이미지로 상큼하게 드러내 보여주는 서정이 돋보이는 시다.

하마 다
못다 한 말
눈물로 배어나고

그 짠한
그리움에
까만 밤 하얘져도

울타리
기대선 달빛
안아주지 못했다.
　　–「봄밤」 전문

　봄밤 주체할 수 없는 그리움을 진솔하게 토로해 버리
고 있는 시다. 앞서 살펴본 시 「덩굴장미」가 정경情景이
긴장되게, 교묘하게 일치하고 있는 시라면 이 시는 시인
의 마음, 그리움의 정 위주로 절절히 진술하고 있는 시다.
　그리움이란 다 그렇지 않던가. 못다 준 마음이 그리움
을 낳고 못다 한 말이 시를 낳지 않던가. 까만 밤을 하얗게

밝히는 그 짠한 그리움이 못내 절절한 시를 낳고 너와 내가 공감할 수 있는 각종 예술을 낳지 않던가. 원래 하나였으나 이제 헤어진 너와 나의 짠한 거리가 그리움을 낳고 시를 낳는다. 우리네 꿈과 이상과 이제 더 이상 동일한 것일 수 없는 현실적 정황이나 우주 삼라만상과 온몸으로 교류하며 다시 하나 되게 하려는 안타까운 마음이 시를 낳는다. 그런 안타까운 마음, 그리움으로 너와 나를 온몸으로 이어주며 감동으로 떨리게 하는 언어가 시다. 나와 너의 정과 경을 감상적이고 타성적으로 일치시키지 않고 개결하고도 참신하게 일치시키며 그리움을 가없이 환기하는 빼어난 서정 시편이 이번 시조집에서는 적잖이 눈에 띈다.

합치될 수 없는 너와 나의 적당한 거리에서 긴장된 서정은 우러난다. 거리를 지키지 못하고 서둘러 합치해 버리면 시가 값싼 감상으로 흐르게 된다. 반대로 거리가 너무 멀면 인간적인 피가 돌지 않아 냉랭한 사물시, 콘크리트 시가 되고 만다. 시인은 세상사 경륜과 그에 걸맞은 좋은 서정시를 쓰려는 노력으로 그런 시 쓰기 이치를 체험으로 익히 터득하고 있는 것으로 보인다.

꽃피울

시절에도

피우지 못했습니다

보낼 때

되었어도

보내지 못했습니다

모두가

내 탓입니다

보듬지 못했습니다.

　–「내 탓입니다」 전문

　인생사와 세상사 이제야 깨닫고 있는 시로 읽힌다. 기
다리고 기다리던 봄이 와 눈앞에 흐드러져도 그 봄과 한
번 제대로 어우러져 본 적 없이 그냥 보내고 말지 않았던
가. 그래 현전하는 삶을 제대로 보듬지 못한 회한을 우린
또 얼마나 앓아왔던가. 그런 이치를 깨닫고 "내 탓"으로
돌리는 성숙함이 돋보이는 시다. 그러면서도 "보듬지 못
했습니다"에서 피멍울 진 아픔의 그리움마저 이제 편안

히 껴안고 있는 노령의 성숙함을 내비치고 있는 시로도 읽힌다.

가슴에
꼭꼭 묻어
섬으로 남은 아픔

지도에도
안 나오고
이름도 없지마는

보듬고
살겠습니다
우린 이미 친굽니다.
　　－「멍」전문

한세상 살다 보면 세파에 부닥치며 가슴에 드는 멍, 얼마나 아프겠는가. 그런 아픔마저도 이제 친구 삼아 편하게 지내겠다는 깨달음의 시로 읽어도 좋을 시다.

그럼에도 나는 이 시의 초장 "가슴에/ 꼭꼭 묻어/ 섬으로 남은 아픔"이라는 아름다운 서정적 표현에서 그 아픔을 그리움으로 보고 싶다. 보고 싶어도 못 보고 하나 되려 해봐도 그리 안 되어 아프디아픈 그리움의 멍으로 보고 싶다. "지도에도/ 안 나오고/ 이름도 없지마는" 우리 가슴 속에 아름답고 아프고 생생하게 실재하는 게 그리움이란 추상 아니겠는가. 또 다른 세계, "섬으로 남은 아픔"일지라도 그런 그리움을 이제 편안하게 천착해 가는 시로 읽고 싶은 것이다.

이렇게 이번 시조집에는 우리네 삶은 물론 시와 모든 예술의 알파요 오메가인 그리움을 서정적으로 펴고 있는 시편들이 대부분이다. 누구든 멍이 들 정도로 가슴에 새기고 있는 그런 그리움을 절절하게 조율하며 읊고 있어 개결하면서도 공감력이 크다.

시조 정통 문법과 서정에 실린 잘 익은 경륜과 깨우침

까마귀

목쉰 울음

왠지 가슴 서늘하고

하얀 눈

보듬었나

하늘이 뜨물 같다

갈대의

마른기침에

푸드덕 새가 난다.

　－「입동 무렵」 전문

　겨울로 들어선다는 입동立冬 무렵 천지간의 풍경을 온
몸으로 받아들이고 있는 시다. 그런 외부 풍경에 시인의
내면 풍경을 절묘하게 얹고 있다. "왠지 가슴 서늘하고"
라는 직접적 토로 혹은 진술 외에 다 공감각적인 묘사로
나가고 있다. "목쉰 울음", "하늘이 뜨물 같다", "갈대의/
마른기침" 같은 청각, 시각 등이 어우러진 공감각 이미지
에 시인의 내면 풍경, 노령에 든 심사가 그대로 겹치고 있
다. 목쉬고, 뜨물같이 흐릿하게 보이고, 마른기침 나는 노
년의 정황이 대자연 풍경에 자연스레 포개지고 있지 않
은가. 덜 익은 시인 같으면 감상적 한탄이 터져 나올 것 같

은데도 그냥 "푸드덕 새가 난다"며 자연으로 되돌려 주는 개결한 서정이 빛나는 시다.

시의 문맥은 대개 묘사와 진술로 진행된다. 바깥의 풍경이며 대상을 그대로 보여주는 게 묘사고 여기서 시의 특장인 생생한 이미지가 생성돼 펄펄 살아있는 태초의 언어 구실을 하게 된다. 진술은 주제를 강화하기 위해 최소한으로 절제해야 하며 앞뒤의 이미지와 자연스레 호응해야 정경情景의 긴장된 일치를 이룰 수 있다. 「입동 무렵」은 그렇게 노령의 정과 입동 무렵의 경을 묘사와 최소한의 진술로 잘 일치시킨 시다. 시조 단수의 잘 익은 문법, 특히 인생의 잘 익은 경륜이 돋보이는 시다.

막소주 한잔으로 한기를 털어내며
한 해의 끝자락에 겨울을 지고 간다
얼은 볼
쏘아붙이는
바람 꼬리 맵차다.

멀리도 왔나 보다 그믐밤 더듬대고
지난 길 짚어보는 썰물의 시간이다

고요가

가지런하다

눈이라도 오려나.

－「섣달」 전문

섣달은 열두 달 중 마지막 달이다. 한기가 뼈에 사무치는 한겨울이 섣달이다. 그런 섣달 중에서도 마지막 날 풍경과 심사를 펼쳐놓고 있는 두 수로 된 연시조다. 그렇게 마지막 달에 이른 인생도 그렇고 그런 섣달과 같은 노령에 든 심사를 편 시도 참 개결하게 농익었다.

특히 앞뒤 수 다 종장이 일품이다. "얼은 볼/ 쏘아붙이는/ 바람 꼬리 맵"찬 촉각으로 느끼는 노년의 섣달이 매섭게 직접 가슴에 와닿는다. "고요가/ 가지런하다/ 눈이라도 오려나"에서는 도통한 선기禪氣마저 가지런하게 전해진다. 이처럼 이번 시조집에는 우주 운항의 절기節氣와 자연 풍광과 노령에 맞는 완숙한 노년 시편도 종종 눈에 띈다.

시인은 이번 시조집에서 단시조는 주로 각 장을 세 행 한 연으로 나눠 총 9행으로 잡고 있다. 그러나 연시조에서는 위 시 「섣달」에서처럼 초장, 중장은 한 행으로 잡고 종장은 세 행으로 잡으며 연을 나눠 다음 수도 그런 행 나눔 형태로 나간다. 시조에서는 전환구와 결구가 함께하고 있는 종장에 그만한 무게가 실리기 때문이다. 이런 시 형태에서도 시인이 시조라는 우리 전통 시 장르의 문법과 구성에 얼마나 충실한지 여실히 알 수 있다.

하루를
닫아걸고
달 뜨기 기다리며

사는 일
티끌인 걸
이제야 알았으니

아무 때
내려놓아도
서운하지 않겠다.
　－「내려놓다」 전문

이번 시조집에선 보기 드물게 '내려놓다'라는 동사를

그대로 제목으로 삼았다. 우리네 인생사에서 내려놓기가
얼마나 힘든가. 가진 재화라는 물목은 물론이고 욕심이
나 집착, 잡생각 등의 마음을 내려놓기가 그리 녹록지 않
다. 그래 마음을 깨끗이 닦아 성불하려는 선불교에서는
내려놓으라는 '방하착放下着'이 즐겨 화두에 오른다. 그만
큼 집착, 마음을 내려놓기 힘들기 때문이다.

그러나 위 시에서는 시공時空도 닫아걸고 차분하게 앉
아서 사는 일 둘러보며 다 내려놓고 있다. 마음은 물론 사
는 일마저 미련 없이 내려놓으려 하고 있다. 그래서 단시
조 이 짧은 시 한 편이 8만 4천 불교 경전 핵심을 요약해
놓은 『금강경』에 비견될 만큼 크게 울린다. 그 깨달음이
쉽고도 생생하게 가슴에 와닿는다.

반반한

호수 위에

하늘이 내려앉고

알알이

맺힌 꿈이

오지게 영글었다

그대여

알고 있는가?

가을 이리 깊은 줄.

　-「가을 깊다」 전문

　앞서 살펴본 대로 시인은 맨 앞에 '서시'를 두었으니 나는 이 시를 이번 시조집 '종시終詩'로 읽고 싶다. 종장에서 "그대여/ 알고 있는가?/ 가을 이리 깊은 줄"이라고 이 시조집을 다 읽은 독자에게 묻고 있으니.

　그렇다. 이번 시조집은 깊은 가을처럼 "오지게 영글었다." 시와 인생의 영긂을 인위적, 작위적으로 설파하려 하지 않고 "반반한/ 호수 위에/ 하늘이 내려앉고"에 보이듯 풍경으로 자연스레 드러나게 하고 있다. 하늘이 그대로 내려앉은 잔잔한 호수처럼 자연의 거울에 시인의 삶과 회포를 비춰 보이고 있다.

　시의 규범을 준수하면서도 서정을 개결하게 조율해 내는 알알이 잘 영근 시. 이렇게 좋은 시 계속 쓰시며 품위와 감동이라는 시의 변함없는 위의와 효험을 보여주는 큰 시인의 길 걸으시길 빈다.

정산珵山 이 헌李憲

전라남도 나주 출생. 2015년《시조사랑》시조, 2014년《한국작가》수필
등단. 한국문인협회, 한국시조협회, 관악문인협회, 한국문학협회 회원.
시조집『바람의 길을 가다』『동산에 달 오르면』『어머니의 빈집』『세월
을 중얼대다』『곰다시 사랑합니다』『얼굴 한번 봅시다』『봄을 낚다』,
문집『하늘집 사랑채』(김창운 공저). 제9회 대은시조문학상 작품상, 시
조문학 작가상 수상.
honeyboy2@daum.net

봄을 낚다

—
초판 1쇄 2024년 8월 16일
지은이 이 헌
펴낸이 김영재
펴낸곳 책만드는집
—
주소 서울 마포구 양화로3길 99, 4층 (04022)
전화 3142-1585·6
팩스 336-8908
전자우편 chaekjip@naver.com
출판등록 1994년 1월 13일 제10-927호
ⓒ 이헌, 2024
—

ISBN 978-89-7944-875-7 (04810)
ISBN 978-89-7944-354-7 (세트)